부표

# 부표

이대연 소설

교유서가

# 차례

부표

쇠사슬이 팽팽해졌다. 인양선 크레인이 힘을 주자 파도에 흔들리던 등부표의 움직임이 눈에 띄게 줄었다. 원통형 부표에 설치된 삼각뿔 모양의 철골 구조물이 정지한 듯 꼿꼿했다. 붉은 도색이 옅게 바래져 있었다. 등부표는 항로를 안내하거나 암초를 경고하기 위해 띄워놓은 만큼 퇴색되었다면 반드시 교체해야 했다. 잠시 숨을 고른 후 크레인이 다시 작동했다. 등부표가 와르르 바닷물을 쏟아내며 수면 위로 떠올랐다.

"땡거! 땡기라!"

갑판 위에 정 주임의 외침이 울렸다. 나는 겨드랑이

에 끼운 로프를 움켜쥐고 몸을 뒤로 힘껏 젖혔다. 부표에 연결한 로프였다. 무게 칠 톤이나 되는 등부표가 흔들리면 갑판 위 작업반원들이 위험하다. 인양선까지 무사히 운반하려면 크레인 기사와 갑판 작업자 간의 호흡이 무엇보다 중요하다. 크레인 기사가 크레인의 움직임과 균형을 맞추며 등부표를 천천히 인양선 쪽으로 이동시켰다. 한참 만에야 등부표가 갑판 상공에 이르렀다. 겨드랑이에서 로프를 빼 난간에 묶었다. 겨우 한고비 넘었을 뿐인데 저절로 한숨이 나왔다. 그러고 나자 비로소 부표 하단부에 까맣게 들러붙은 이물질이 눈에 들어왔다.

오랜 시간 물에 잠겨 있던 등부표에 이물질이 붙는 거야 자연스러운 일이지만, 조류가 센 곳이라 그런지 유달리 양이 많았다. 그대로 가지고 귀항하면 해양쓰레기가 되기 때문에, 되도록 선상에서 처리해야 했다. 이물질은 대부분 해조류나 담치였다. 특히 작은 홍합처럼 생긴 담치는 군집을 이뤄 생활하기 때문에 퇴역 등부표에는 언제나 방석 두께의 담치 군집이 붙어 있었다. 작업반원들이 모두 삽 하나씩을 들고 달려들었다.

삽을 꽂아 담치를 떼어내고 바다에 버리는 반복적인 동작에 금세 숨이 가빠왔다. 어지간히 떼어낸 듯 보이자 크레인이 조심스럽게 등부표를 갑판 위에 내려놓았다. 물러섰던 작업반원들이 다시 삽질을 시작했다.

"한 뭉텡이 갖다 팔까?"

정 주임이 가쁜 호흡을 조절하며 너스레를 떨었다. 그는 실없는 소리를 하는 성격이 아니지만 반복되는 작업의 고됨과 지루함을 덜기 위해 간혹 농을 하기도 했다.

"아이고, 운반비가 더 나오겠네."

내가 웃으며 받았다. 최근에 홍합이라고 유통되는 것 중 상당수가 담치였다. 그렇다고 국물맛이 썩 다른 것 같지는 않았다. 뭐가 됐든 맛있기만 하면 그만이긴 하다. 그런데 어머니는 왜 홍합국을 끓이겠다는 걸까?

출항 전에 병원에서 연락이 왔다. 어머니에게도 알려야 할 것 같아 전화를 걸었지만 말은 하지 못했다. 우물쭈물하다가 공연히 삼우제 얘기를 꺼냈다.

"내일 연가 냈어요."

아내와 동생 내외 모두 내일 가기로 이미 약속한 것을 어머니가 모를 리 없었다.

"애들 엄마하고 제수씨하고 일 끝나고 들른다니까 혼자 음식 한다고 무리하지 마세요."

"그럴 거 없다. 그냥 시원하게 미역국이나 좀 끓이고, 떡이니 과일이니 하는 것들이야 그냥 사면 될 걸 뭐 큰일이라고 여럿이서 부산을 떠냐."

틀린 말이 아니었다. 어차피 간단한 제수만 챙겨 공원묘지에 다녀올 예정이니 식구들 먹을 국이나 하나 있으면 충분했다. 그러나 생일상도 아닌데 미역국을 끓인다는 말이 언뜻 이해되지 않았다.

"웬 미역국이에요?"

어머니는 잠시 뜸을 들였다.

"시장에 홍합이 싸더라."

어머니의 말에 어린 시절의 투정이 떠올라 공연히 민망했다. 가세가 기울어 닥치는 대로 일해야 했던 어머니는 새벽에 나가서 밤늦게야 들어왔다. 언제나 들통 한가득 미역국을 끓여놓았는데 간장만으로 양념해 맛이 단조로웠다. 식구 중 누군가 생일이면 홍합 육수를 내어 끓였다. 그날도 밥상에 어김없이 홍합 미역국이 올라왔다. 내 생일이었다. 한참을 뚱한 표정으로 있던 동생이 숟가락을 거칠게 내려놓았다.

"일 년에 고작 세 번 고깃국 먹기도 어려울 만치 우리 집 가난해?"

그때쯤 살림이 핀 건 아니어도 그나마 안정되어 고깃국을 못 먹을 정도는 아니었다. 동생 말이 아주 틀린 건 아니라며 내가 거들었고, 동생은 쾅 소리가 나도록 문을 닫고 나가버렸다. 일종의 가출인 셈이었다. 다음 날 배를 쫄쫄 곯은 채 기어들어온 동생은 홍합 미역국에 밥을 말아 미친듯이 퍼먹었다. 그 뒤로 어머니는 미역국에 홍합을 넣지 않았다. 그런데 뜬금없이 홍합 미역국이라니 이해가 되지 않았다.

"끊는다."

어머니는 내가 엉뚱한 동문서답의 의미를 다 헤아리기도 전에 전화를 끊었다. 영문을 모른 채 그저 어머니가 끓인 것이 홍합 미역국이 아니라 담치 미역국이겠거니 싶었다.

땀 때문에 선글라스가 콧잔등을 타고 살짝 미끄러졌다. 허리춤에 꽂은 수건을 빼 땀을 닦는데 정 주임이 담치 군집에 삽을 박아넣으며 큰 소리로 말했다.

"괜찮나? 무리하지 말고 컨디션 봐감서 해라!"

특유의 퉁명스러운 말투였다. 몸이 안 좋아 쉬는 거

라 여긴 모양이었다. 아마 오전 일 때문이리라. 장례식을 마치자마자 바로 출근한 터라 안색이 좋지 않은 것도 사실이었다. 선글라스를 고쳐 쓰고는 괜찮다는 표시로 주먹을 쥐어 과장되게 가슴을 두어 번 쳤다. 정 주임이 삽을 뜨며 피식 웃었다. 나도 따라 웃었지만, 마음이 영 개운치 않았다.

　오전에 소형 작업선을 타고 본선에 앞서 등부표에 접안했을 때만 해도 별다른 징후가 없었다. 아침에 병원으로부터 전화를 받기는 했지만 그게 놀랄 일도 아니었다. 공구벨트에서 렌치를 꺼내 하단 축전지함 뚜껑을 열어 장비를 제거할 때도 그랬다. 흔들리는 등부표에서 중심을 잡으며 작업하기가 수월치 않지만, 매번 겪는 일이었다. 식은땀도 그저 잠을 제대로 못 자 그러려니 했다. 마지막 작업은 등부표 꼭대기에 설치된 등명기 철거였다. 다시 쓸 장비들이기 때문에 어느 것 하나 소홀히 다뤄선 안 됐지만 렌즈와 전구가 있는 등명기는 특히 조심스러웠다. 사다리를 타고 올라가 등명기를 분리할 때 문득 욕지기가 올라왔다. 서둘러 등명기를 정 주임에게 건네고 등부표의 철골 구조물에 위태롭게 매달려 바닷물에 대고 헛구역질을 했다. 식도를 타고 신물이 넘어왔다.

"니 멀미하나?"

본선에 돌아왔을 때 누군가 장난스럽게 놀렸다. 선상 생활이 한두 해도 아닌데 멀미를 하는 게 정상일 리 없었다. 급체인 듯했다. 아닌 게 아니라 얼굴이 창백했다. 바늘로 손끝을 따고 상비약 통에서 소화제를 꺼내 먹으며 어머니와의 통화 직후 병원에서 걸려온 전화를 떠올렸다. 아버지에 관한 소식이었다. 아니, 엄밀히 보면 아버지에 관한 소식은 아니었다. 둘 다 맞기도 하고 틀리기도 했다. 어쨌거나 체했다면 밥이 아니라, 말이 얹혔으리라.

*

어린 시절 기억 속에서 아버지는 늘 선글라스를 쓴 모습으로 남아 있었다. 비좁고 어두운 집안에서도 선글라스를 쓰고 생활하지는 않았을 텐데 왜 그런 이미지가 만들어졌는지는 알 수 없었다. 아무튼 기껏해야 운전할 때만 잠시 쓰고는 차에서 내리기 전 재빨리 벗는 다른 어른 남자들과는 달리 평상시에도 살짝 햇살이 강하다 싶으면 선글라스를 꺼내 썼는데, 겸연쩍어하거나 어색해하지 않았다. 하도 자연스러워서 당연한 일처럼 여겨졌다. 어린 내 눈에는 그 모습이 인상적이었던 모양이다.

사실 나는 선글라스를 쓴 아버지가 조금 무서웠다. 만화에서 본 잠자리 인간 같은 곤충 괴물이 떠올라서였다. 커다랗고 검은 겹눈을 가진 괴물들은 세계 정복을 꿈꾸는 미치광이 과학자의 하수인이었다. 과학자의 흰 가운은 단정하고 깨끗했다. 정의의 수호자인 주인공과 싸우는 건 언제나 곤충 괴물들이었다. 당연한 일이지만 괴물들은 항상 주인공에게 패해 다음 기회를 다짐하며 자취를 감췄다.

아버지는 잠자리 괴물이 아니었지만, 그렇다고 아예 악당이 아닌 건 또 아니었다. 적어도 어머니에게는 그랬을 것이다. 아버지의 목표는 세계 정복이 아니라 일확천금이었다. 정의를 수호하겠다며 주인공이 나타나 일확천금의 꿈을 막은 것도 아닌데 아버지는 언제나 패했다. 그러면 아버지는 사라졌다. 언젠가는 원양어선을 탔다고 했고, 또 언젠가는 화물선을 탔다고도 했다. 그 말이 사실인지는 알 수 없었지만 한두 해 만에 돌아온 아버지는 제법 바닷사람 같은 모습으로 목돈을 가지고 왔다. 까만 얼굴에 선글라스가 무척 잘 어울렸다. 그러나 어머니에게 목돈을 주지는 않았다. 보여주기만 했다.

"조금만 기다려봐라. 사모님 소리 듣게 해줄게."

큰소리치고 출동한 아버지는 여지없이 패해 자취를 감췄다. 지긋지긋한 악당이었다. 그리고 마침내 결정적인 타격을 받고 소멸하는 악당들처럼 아버지도 회생 불가능한 상처를 입고 쓰러졌다. 그러나 아버지의 상대는 세계 평화를 지키는 주인공이 아니었다. 뺑소니 차량이었다. 경찰서에서 받은 유류품에는 선글라스가 없었다.

"참 아이러니해. 그렇지 않아? 몇 번 못 뵀지만, 그때마다 당신 바다 나간다고 걱정하셨는데."

조문객이 거의 없는 빈소에서 아내가 말했었다. 아버지는 해상사고보다는 육지교통사고가 더 잦다는 사실을 모르거나 잊은 듯했다. 적어도 당신이 교통사고로 유명을 달리할 수 있다는 가능성에 대해서는 한 번도 상상해보지 않은 게 분명했다. CCTV를 보니 가해 차량은 빨간불 신호를 무시한 채 달렸다. 빨강은 주식

시장에서 상한가를 의미했다. 주식 부자의 꿈을 꾸던 아버지가 좋아한 색이었다. 건널목을 건너다가 무서운 속도로 달려오는 승용차를 발견했을 때는 이미 돌이킬 수 없는 순간이었다. 모든 게 너무 늦었다. 평생 그랬던 것처럼.

뺑소니 용의자가 잡혔다는 소식을 듣고 경찰서로 달려간 것은 사고 이튿날이었다. 이십대 후반이나 기껏해야 삼십대 초반으로 보이는 젊은 남자가 조사를 받고 있었다. 셔츠 주머니에 꽂아놓은 선글라스가 눈에 띄었다. 경호원처럼 바짝 붙어 있는 정장 차림의 중년 남자는 변호사라고 했다. 음주운전을 의심했지만, 변호사는 도리어 아버지가 술에 취해 도로에 뛰어들었다고 주장했다. 한술 더 떠 보험금을 노린 자살극 아니냐며 수사를 종용했다. 변호사라는 사람이 큰소리치니 겉으로는 대거리를 하면서도 속으로는 움츠러들었다. 아버지가 보험을 들 양반도 아니고, 마누라와 자식 좋으라고 거액의 보험금을 남길 위인도 아니었지만, 어쨌거나 술은 제법 마셨으니까.

사고의 목격자이자 신고자인 포장마차 주인은 아버지가 술을 마시지 않았다고 잘라 말했다. 홍합 국물에

만 국수를 먹었을 뿐이라고. 거액의 생명보험도 없었다. 무엇보다 건널목 신호등이 파란불이었다.

그날 저녁 포장마차를 찾아갔다. 맞은편 도로에서 뺑소니 사고를 당한 피해자 아들이라며 신고해주셔서 감사하다고, 아버지는 아직 의식불명이지만 곧 정신을 차리실 거라고 구구절절 떠들어대는 대신 그냥 홍합 국수를 한 그릇 주문했다. 무슨 정 깊은 사이여서 아버지와의 지난 기억을 더듬으며 추억에 잠기려는 건 아니었다. 흰 소면이 담긴 대접에 국물이 찰랑였고 덤처럼 홍합 몇 개가 얹혀 있었다. 언뜻 보기에도 홍합이 아니라 담치였는데, 국물이 시원하고 감칠맛이 났다. 어쨌거나 마지막 길에 국물이라도 맛있게 드시고 갔으니 그나마 다행이었다.

*

담치 제거 작업이 끝나자 용접을 담당하는 김 주임이 산소절단기를 가지고 왔다. 침추와 등부표를 잇는 쇠사슬을 분리하기 위해서였다. 침추는 등부표가 조류에 떠내려가지 않도록 닻처럼 해저에 늘어뜨려놓은 거대한 돌덩이를 말하는데, 사 톤짜리 두 개가 매달려 있었다. 그렇다보니 두 물체를 잇는 쇠사슬도 어지간히 두꺼워서 절단하는 데 시간이 제법 걸렸다. 그동안 나머지 작업반원들이 갑판 위에 가득 쌓인 담치를 바다로 밀어내었다. 담치들이 갑판 모서리에서 수면으로 떨어질 때마다 멀게 철퍼덕 소리가 났다. 환호 같기도 하고 비명 같기도 했다. 바다로 돌아간 담치들은 또 어느 바위나 부표를 찾아 그곳에 붙어 길고 지루한 생을 이어갈까.

그때, 새벽 빈 도로를 달리던 세련된 고급 세단이 빨간불 신호를 무시하고 내달렸을 때, 도로변 포장마차에서 나와 바뀐 신호를 보고 성급하게 길을 건너던 사내를 날려 보냈을 때, 그래서 공중에 떠오른 아버지가 아무런 안전장치 없이 도로에 떨어졌을 때, CCTV를 확인하던 나는 엉뚱하게도 어린 시절의 기억을 떠올리며 차라리 아버지가 잠자리 괴물이었더라면 하고 생각했다. 주인공의 강력한 펀치를 맞고도 부르르 날개를 떨며 아무렇지도 않게 사뿐히 내려앉던 잠자리 괴물. 그러다 생각을 바로잡았다. 적어도 그 순간 아버지는 악당이 아니었다. 그저 무력한 뺑소니 사고 피해자에 불과했다.

아버지는 죽지 않았다. 죽은 건 뇌뿐이었다. 뺑소니 범인이 잡혔다는 경찰서 연락을 받고 펑펑 울던 어머니는 뇌사 판정에는 울지 않았다.

"인간아……"

혼잣말하며 무거운 눈으로 침대에 누운 아버지를 바라볼 뿐이었다.

며칠 후 저녁 전공의가 병실에 찾아왔다. 순박한 눈을 한 청년이었다. 담당 의사는 오지 않았다. 머뭇거리던 그는 '상심이 크실 텐데 이런 말씀을 드려서 죄송하지만……' 하는 말로 시작해 한참을 중언부언하다가 뇌사 환자의 장기기증을 권했다. 동생이 전공의의 멱살을 잡았고 내가 말렸다. 아내와 제수씨가 쓰러질 듯한 어머니의 가는 어깨를 양쪽에서 붙잡아 부축했다.

동생의 손아귀에서 빠져나온 전공의가 황망히 돌아간 뒤에도 머릿속이 하얗기만 해 아무 말도 하지 못했다. 정도 없고, 가출해 객지에서 사고당해 돌아온 아버지였지만 그래도 도리가 아닌 것 같아 쉽게 결정을 내리지 못했다. 그렇다고 장기기증이라는 것에 딱히 어떤 거부감이나 반감이 있는 것은 아니었다. 동생 역시 마찬가지였다. 답답한 마음에 전공의의 멱살을 붙들기는 했어도 뚜렷한 의견이 있는 게 아니었다. 그저 갈팡질팡할 따름이었다.

어머니는 한동안 병실에 들르지 않았다. 자식들이 찾아가도 자리보전하고 누워 일어나지 않았다. 본격적으로 여름이 시작돼 날이 더웠다. 선풍기를 틀면 트는 대로, 에어컨을 켜면 켜는 대로 내버려두었다. 평소처럼 전기세 아깝다고 말리지도 않고 덥든지 춥든지 반응하지 않았다. 아내와 제수씨가 번갈아가면서 곁을 지켰지만, 간신히 죽만 드실 뿐 별다른 변화가 없었다. 그러는 동안 장마가 시작됐고 어머니는 눈에 띄게 수척해졌다.

장마가 끝나갈 즈음 어머니가 자식들을 불러 별말 없이 서류 몇 장을 내밀었다.

"예전에 예비군 훈련인지 뭔 교육인지를 갔다 와서는 그걸 내밀더라."

펼쳐보니 장기기증서약서였다. 예비군 훈련을 갔다가 집에 일찍 오려고 헌혈도 하고 언젠가는 정관수술도 한다는 얘길 들었지만 장기기증서약서는 좀 뜨악했다. 아버지의 수납 상자가 떠올랐다. 잦은 가출로 집에는 아버지의 물건이 거의 없었다. 그래도 돌아오면 또 찾을까 싶어 깡통이 된 주식거래통장 같은 잡다한 물건들을 싸구려 수납 상자에 보관하고 있었다. 그런데 그 낡은 수납 상자에 이런 것이 들어 있을 줄은 몰랐다.

"평생 제 하고 싶은 대로 부초처럼 살아왔는데, 죽어서도 그리 살라지……"

뇌사 상태였음에도 수술시에는 마취를 한다고 했다. 환갑이 지났어도 나이답지 않게 건강했던 아버지의 몸은 그것을 필요로 하는 절박한 누군가를 향해 떠났다.

수술이 끝난 뒤 순박한 눈을 한 전공의를 찾아 수혜자를 알 수 있느냐고 물었다.

"그건 규정상 곤란합니다."

평소와는 달리 단호했다.

"그럼……"

나는 처음 장기기증 제안을 할 때의 전공의처럼 머뭇거렸다.

"수술이 잘됐는지만이라도 알 수 있을까요?"

왜 그런 부탁을 했는지, 왜 그런 게 알고 싶었는지 나 자신도 이해가 되지 않았다. 이번에는 전공의가 갈팡질팡했다. 대답을 못하고 난처한 표정으로 쭈뼛대다가는 지난번처럼 황망한 걸음으로 자리를 피했다.

　그리고 오전에 전화가 왔다. 병원이라고 했다. 각막 이식이 성공적으로 이루어졌고 경과도 좋다고, 감사하다고 했다. 기증자와 수혜자의 교류가 허용되지 않는다고 하니 의사거나 간호사거나 그냥 원무과 직원이었을지 모른다. 아무튼 그 전공의는 아니었다. 나는 그냥 알겠다고 말하고 전화를 끊었다. 어머니에게 알려드리려 전화했지만 결국 말하지는 못했다. 별것 아니라고 생각했는데 그게 체할 정도로 신경이 쓰였는지는 몰랐다.

\*

　갑판 위를 깨끗이 정리했을 즈음 절단 작업도 거의 끝난 듯했다. 쇠사슬을 교체할 차례였다. 길이 칠십 미터에 무게가 이 톤이나 되는 만큼 쇠사슬은 한 번에 수거할 수가 없다. 게다가 끝에는 사 톤짜리 침추 두 개가 매달려 있어 대여섯 번에 나누어 끌어올려야 했다. 등부표에서 빼낸 갈고리를 쇠사슬에 걸자 요란한 소음을 내며 크레인이 작동했다.

"잠깐, 잠깐! 스톱!"

긴장이 느슨해진 작업반원들이 다소 무방비한 걸음으로 쇠사슬에 다가가려는 순간 수창 형님이 소리쳤다. 다들 무슨 일인가 싶어 수창 형님을 바라보다가 이내 그가 시선을 두는 방향으로 고개를 돌렸다. 작업선 가까이 거대한 화물선이 지나고 있고, 화물선이 밀어낸 물살이 제법 큰 너울이 되어 다시 작업선으로 밀려오고 있었다. 너울이 밀려오면 배의 흔들림이 커져 작업이 불가능했다. 특히 배가 요동할 때 크레인 작업은 주의해야 했다. 배가 두어 차례 부드럽게 너울을 타고 넘었다. 작업반원들은 고정된 물체에 의지하며 대기했다. 크레인에 매달린 쇠사슬이 흔들렸지만 움직임이 크지 않았다. 화물선이 멀어지자 다시 작업이 재개됐다.

바닷물에 잠겨 있던 쇠사슬이 점차 수면 위로 줄줄이 올라왔다. 그 순간 지켜보던 이들의 표정이 어두워졌다. 쇠사슬에 밧줄이며 그물이며 폐어구들이 잔뜩 감겨 있었다. 사슬이 보이지 않을 정도였다. 흘러내리지 않도록 쇠사슬 구멍에 로프를 걸어 난간에 고정한 후 갈고리 위치를 바꿔가며 끌어올리는 식으로 여러 번 작업해야 하는데 쇠사슬이 보이지 않으니 로프조차

걸 수 없었다. 폐어구를 감은 쇠사슬의 검고 탁한 색이 마치 썩은 생선 내장 같았다. 어디선가 악취가 풍겼다.

"정리해라!"

정 주임이 소리치자마자 내가 서둘러 작업용 칼로 쇠사슬에 감긴 폐어구들을 잘라냈다. 단단히 엉켜 칼질 몇 번으로 풀릴 것 같지 않았다. 한참 만에야 녹슨 쇠사슬이 드러났다. 작업반원들이 서둘러 로프와 갈고리 위치를 바꿨다. 이제야 작업이 되나보다 싶었다. 그러나 크레인이 재가동했을 때 일이 생각처럼 만만하지 않다는 것을 알 수 있었다. 폐어구가 계속 감겨 올라왔다.

"어, 도네."

누군가 탄식처럼 내뱉었다. 단순히 폐어구들이 문제가 아니었다. 쇠사슬이 돌고 있었다. 그물과 밧줄이 쇠사슬에 감기면서 일어나는 현상이었다. 사슬이 꼬여 작업이 불가능한 것은 차치하고, 자칫 끊어지기라도 하면 인명사고로 이어질 수도 있었다. 갑판 위의 작업반에게는 아찔한 일이었다.

"안 돼, 안 돼! 정지! 잘라야겠다!"

결국 정 주임이 작업을 중단시켰다. 흉물스럽게 꼬

인 쇠사슬을 들어올린 채 크레인이 멈췄다. 쇠사슬 일부분을 잘라 폐어구를 제거하며 작업을 진행해야 했다. 작업 시간이 예정보다 상당히 지연되고 있어 신경이 쓰였지만 어쩔 수 없는 노릇이었다. 다들 분주하게 움직이기 시작했다. 사슬을 잘라 엉킨 어구를 제거한 후 크레인에 갈고리를 걸었다. 문득 막막해졌다. 끊어내지 않고는 엉킨 것을 풀 수 없다고 생각했는데, 끊어내면 되리라 여겼는데, 끊어내도 끊어내도 자꾸 감기는 기분. 큰아버지도 이런 기분이었던 걸까?

장례식장은 가장 작은 곳으로 잡았다. 아버지의 휴대전화는 크게 손상되지 않았다. 주소록에 연락처가 그대로 남아 있었지만 몇 개 되지는 않았다. 아직 영정도 없는 빈 조문실에 앉아 전화번호를 하나씩 찍으며 부고를 보낼 때 아내가 나를 불렀다. 나가보니 큰아버지와 숙모가 머뭇거리며 어정쩡하게 서 있었다. 동생이 굳은 표정으로 외면하며 담배를 들고 나가버렸다. 십수 년 왕래를 끊고 산 양반들이었다. 아버지가 대박 종목에 대한 정보를 알아냈다며 번번이 돈을 빌려달라는 통에 몇 번인가 큰돈을 떼이고 결국 절연해버렸다.

본인들은 본인들대로 원망스러웠을 테고, 우리는 우리대로 서운하고 섭섭했다. 앙금이 남을 수밖에 없었다. 그래도 피붙이라고 장례식 내내 우리 형제와 함께 상주 노릇을 했다. 조문객이 많았더라면 덕분에 밥도 먹고 다리라도 펼 수 있어 고마워했겠지만 썰렁한 빈소에 하릴없이 마주보고 앉아 있기가 어색하고 고역스러웠다. 아마 큰아버지도 마찬가지였는지 간혹 먼저 말을 걸어왔다.

"아버지 짐은 다 가져왔니?"

내가 말없이 고개를 끄덕였다.

아버지는 평생 원양어선을 탄 적도, 화물선을 탄 적도 없었다. 젊을 때 시멘트를 얇게 펴 바르는 미장 기술을 익혀 한평생 공사 현장을 떠돌았다고 한다. 병실로 찾아온 동료들에게서 들은 얘기였다. 자린고비였다고 한다. 제 돈으로는 술은 고사하고 제대로 된 밥 한번 사먹는 법이 없었다고 했다.

"집에다 보여줘야 한다고 했던 것 같은데…… 아무튼 독하게 모았지."

갖다주는 게 아니라 보여줘야 한다니…… 아버지의 삶을 이해하기 힘들었다. 아버지가 살았다는 고시원을 알게 된 것도 그분들을 통해서였다. 짐을 가지러 가는 길에는 어머니와 동행하지 않았다. 아버지가 고시원에서 살았다고 알리기가 송구스러웠다. 고시원에서 꽤 넓고 비싼 축에 속한다는 방이었다. 두 평이 채 되지 않는 넓이에 창문이 하나 있었다. 살림은 단출했지만 어수선했다. 아버지가 보여주고 싶었던 모습은 아닐 것 같았다. 짐은 장례식중에도 차 트렁크 안에 있었다. 집으로 옮겨 정리할 시간도, 정신도 없었다.

*

사 톤짜리 거대한 돌덩이 두 개가 쇠사슬 끝에 매달려 허공으로 떠올랐다. 침추까지 인양하면 어려운 고비는 넘긴 셈이었다. 작업반원들이 바빠졌다. 일부는 침추에 갈라지거나 파손된 부분이 없는지 확인하고 일부는 낡은 쇠사슬을 끊고 새 쇠사슬로 교체했다. 새 등부표에 연결된 쇠사슬이었다.

침추는 재사용할 수 있을 정도로 멀쩡했다. 정 주임에게 큰 소리로 확인 결과를 알린 후 끊어낸 쇠사슬을 정리하기 시작했다. 중량이 상당한 쇳덩어리라 조각난 것이라 해도 워낙 무거워 정리하기가 쉽지 않았다. 등부표의 무게와 조류로 인한 장력을 감당하기 위해서는 이만한 무게와 강도가 아니면 안 되었을 것이다.

크레인이 화물창에서 새 등부표를 들어올렸다. 앞으로 이 년 동안 항로를 지킬 등부표였다. 깨끗한 빨간색이었다. 인양 때와 마찬가지로 로프를 걸어 무게중심을 잡았다. 특히 등부표가 흔들리며 배의 기물에 부딪치지 않도록 살피면서 조심스럽게 갑판에 눕혔다. 산소절단기로 침추에서 낡은 쇠사슬을 분리한 김 주임이 제대로 쉬지도 못하고 새 등부표와 새 쇠사슬을 용접기로 연결했다. 반대편에 침추도 연결했다. 고리로 걸게끔 되어 있지만 물속에서 사슬이 돌고 조류나 바람에 의해 이리저리 끌려다니다보면 연결고리 부분이 터지거나 빠질 수 있기 때문에 용접으로 마무리를 해야 했다. 드디어 오케이 사인이 나고 크레인이 등부표를 천천히 들어올렸다. 작업반원들과 크레인 기사 사이에 바쁘게 수신호가 오갔다. 흔들림을 제어하기 위한 로프가 팽팽하게 긴장됐다. 등부표가 허공을 지나 부드럽게 해수면에 내려앉았다. 길게 숨을 내쉬며 수건으로 땀을 닦았다. 다음은 침추 차례였다.

"조심해라!"

크레인이 침추를 들어 막 침수시키려는 순간이었다.

누군가의 외침에 나와 김 주임이 튕겨나듯 뒤로 물러섰다. 그 순간 쇠사슬이 촤르륵, 묵직한 마찰음을 내며 빠르게 물속으로 빨려 들어갔다. 민첩하고 유연한 물뱀 같았다. 엉키지 않도록 갑판 위에 정리해둔 것이 침추의 움직임에 충격을 받은 모양이었다. 이 톤이 넘는 사슬에 살짝 스치기만 해도 최소한 골절이었다. 자칫 사슬에 발이라도 걸려 딸려 들어가면 어떻게 될지는 불 보듯 뻔했다. 순식간에 벌어진 일이라 어안이 벙벙하면서도 머릿속이 서늘했다.

"괜찮나?"

크레인 기사 양씨 아저씨가 조종실 밖으로 몸을 뺀채 소리쳤다. 내가 반응하기 전에 김 주임이 손을 흔들어 보였다. 나도 뒤따라 손을 흔들었다. 모두가 무사한 것을 확인하자 크레인이 다시 움직였다. 조심스럽게 허공을 지나 침추를 입수시켰다. 난간에 기대 작업 진행을 지켜보던 정 주임이 조타실에 외쳤다.

"포오트 엔진 백!"

배가 뒤로 물러났다.

정 주임이 계기판을 보며 등부표가 정확한 곳에 놓였는지 확인했다. 부표들마다 제자리가 있다. 작업을 하는 동안 배가 조류에 떠밀려 이동한 것을 확인하지 못한 채 등부표를 띄우면 간혹 제 위치에서 한참 벗어나 있곤 했다. 아무 말 없는 것을 보니 다행히 별문제가 없는 듯했다. 그러나 아직 모든 작업이 끝난 건 아니었다.

등부표와 작업선이 어느 정도 멀어지자 워크보트로 갈아타고 등부표로 향했다. 새 등부표는 아직 빈 깡통이나 다름없었다. 축전지와 항로표지용 AIS, 태양광 집열판, 등명기 같은 장비들을 설치해야 했다. 보트가 가볍게 물살을 타 넘으며 부표에 접근했다. 하단부 고리에 로프를 걸고 부표에 올라 축전지와 항로표지용 AIS를 설치한 후 태양광 집열판을 달았다. 그리고 마지막은 등명기였다.

어제 부표 위에서 구토를 한 것이 떠올라 걱정스러웠지만 공연한 기우에 불과했다. 등명기가 파손되지 않도록 조심해서 부표 꼭대기에 올라가 고정시켰다. 모든 장비가 제대로 설치되었는지 확인하기 위해서는 작동시켜봐야 했다. 일몰이 되면 자동으로 점등되고 일출에는 또 꺼지도록 설정되어 있지만, 시험을 위해 수동으로 조작했다. 스위치를 올리자 등명기에 불이 들어왔다. 문득 병원으로부터 받은 전화가 떠올랐지만 금세 지워버렸다. 다만 세상에 불빛 하나가 또 들어왔 겠구나 싶었다.

갑판을 정리하고 장비를 챙기는 데 오랜 시간이 걸 렸다. 무심코 들여다본 화물창에 퇴역 등부표가 누워 있었다. 쓸 만한 장비는 다 빼낸 지저분하고 빨간 등부 표. 항구에 도착하면 세척 후에 수리와 도색을 거쳐 재 사용될 것이다. 다시 이 년 동안 불을 밝히며 항로를 지 킬 것이다.

아버지는 화장을 했다. 해장국을 먹고 커피를 마시 며 두어 시간 기다린 끝에 받아든 유골은 가벼웠다. 집 에서 멀지 않은 곳에 수목장으로 모셨다. 다들 덤덤하 게 골분을 뿌리는데 생뚱맞게도 십수 년 절연했던 큰 어머니가 울음을 터뜨렸다.

장례식 후에 고시원에서 가져온 아버지의 짐을 정 리하다가 선글라스를 발견했다. 명품 마크가 찍혀 있 었는데, 아무래도 짝퉁 같았다. 통장에는 잔고가 이천 만 원 정도 찍혀 있었다. 어머니에게 보여주기 위해 모은 돈이었다. 그리고 아버지는 통장을 보며 인생 말년에 빨간불을 켜줄 대박 종목을 꿈꿨을 것이다. 보험증서도 있었다. 뺑소니범을 경호원처럼 호위하던 변호사의 말처럼 생명보험은 아니었다. 실손보험이었는데 사망시에는 천만 원이 지급되는 것이었다. 보험사에 접수하니 이틀 후 지급되었다. 아버지의 유산은 총 삼천만 원이었다. 평생 아버지가 주는 돈을 받아본 적이 없는 어머니는 허탈하게 웃었다. 보기만 하던 돈을 만져보니 좋다며 실없는 소리를 하다가 눈가가 빨개져 방으로 들어갔다. 들릴락 말락 하게 흐느끼는 소리가 났다. 아버지의 죽음이 안타까운 것인지 당신의 지난 삶이 서러운 것인지 알 수 없었다.

선실로 돌아와 선글라스를 안경집에 넣은 뒤 휴대전화를 켰다. 부재중 전화와 확인하지 않은 메시지들이 주르르 떴다. 광고 메시지들 사이에 큰아버지의 메시지가 끼어 있었다.

'내일 몇시 출발이니? 시간 맞춰 가마.'

그 아래 아내의 문자가 있었다.

'언제 끝나?'

큰아버지에게 답신을 보낸 후 아내의 번호를 찾아

통화 버튼을 눌렀다. 아내는 어머니가 들통 한가득 미역국을 끓여놓았다며 웃었다.

"어머니 손이 커도 너무 크셔."

다른 식구들의 웃음소리도 들렸다. 언제쯤 도착하겠냐는 질문에 배에서 항구까지의 거리와 항구에서 집까지의 거리를 계산해봤다. 어두워지고 난 후에야 도착할 테니 먼저 식사들 하고 있으라고 답하고 전화를 끊었다.

얼마 지나지 않아 하선 준비를 알리는 신호에 가방을 챙겨 갑판으로 나갔다. 어느새 일몰이 지나 있었다. 불 밝힌 등부표들이 입항하는 선박들을 안내했다. 멀리 보이는 도시의 하늘 어디쯤 검고 큰 겹눈을 가진 잠자리 괴물이 부르르 날개를 떨며 빨간 불빛을 찾아 날아다니고 있을 것 같았다. 배가 속도를 줄이며 선착장을 향했다.

전
(傳)

한지에 스민 먹이 표상을 이루면 글이 되고, 심상을 담으면 그림이 된다. 그러나 단지 표상이고 심상일 뿐이어서, 따지고 보면 기껏해야 흰 종이에 묻힌 검은 얼룩일 따름이었다. 눈을 감고 사념에 잠겨 있던 배대유는 이내 윗목으로 책상을 물렸다. 책장 위로 기어가는 쉰벌레를 보고야 글자들이 몸을 뒤집는 벌레와 다르지 않음을 깨달았다. 옛 성현이 들으면 심부재언 시이불견(心不在焉 視而不見, 마음이 없으니 보아도 보지 못한다)이라며 나무라겠으나, 공맹의 노리가 덧없고 주자의 이치가 공허했다. 시화가 부질없고 명문이 허황했다.

모반의 시대에 목숨을 부지한 것만도 다행이라 한다면 할말이 없지만, 마음이 영 어지러워 다스릴 수가 없었다.

촛불을 꺼도 방안이 완벽히 어두워지지 않았다. 달빛이 새어들어와 미명인 듯 황혼인 듯 흐릿한 어둠이 주변에 맴돌았다. 빛이 어둠을 몰아낸 것인지 어둠이 빛을 범한 것인지 알 수 없었다. 두툼한 솜이불에 누워서도 몸이 편하지 않았다. 수만의 왜군에 쫓겨 국경을 넘으려던 왕은 멀쩡히 돌아왔지만, 고작 천여 명의 역도들에게 붙잡힌 왕은 돌아오지 못할 것이다. 폐주에 대한 걱정과 뜻을 이루지 못한 한스러움에 도무지 잠을 이룰 수가 없었다.

한참을 뒤척이다보니 방문 창호지가 교교한 달빛을 머금어 환했다. 그 위로 대나무 가지 한 자락과 댓잎이 어려 한 폭의 그림 같았다. 사마시에 합격했을 때 부친이 선비의 기개를 되새기라며 선물한 대나무였다. 그러나 한 갑자를 돌아온 세월을 되짚어보자니, 줄기는 죽창이요 날카로운 이파리는 칼날이었다. 왜병을 죽이고 정적을 죽인 게 고작이었다. 뜻을 이루기 위해 죽인 것인지, 단지 죽이기 위한 구실로 뜻을 세운 것인지 혼란스러웠다. 선비의 기개란 피를 머금은 것이던가…… 배대유는 낮게 탄식하며 벽을 향해 돌아누웠다.

근심중에도 선잠이 들었던지 미몽에 들은 소리가 꿈인가 생시인가 가늠하기 어려웠다. 배대유는 눈을 떴다. 정신을 가다듬어 신경을 집중하자 기척을 낮춘 발걸음이 느껴졌다. 몸을 일으켜 방문 창호를 응시했다. 이내 검은 그림자가 방문 앞에 우뚝 멈춰 섰다. 기골이 장대한 사내였다. 허리춤에 찬 칼이 어떤 글자보다도 선명하게 읽혔다. 뾰족한 댓잎이 검은 그림자의 목을 겨누었지만 애처로울 따름이었다. 배대유는 마른침을 삼켰다.

문이 열렸다. 가리는 것이 없어도 사내의 형체는 여전히 검을 뿐이었다. 우물 속처럼 깊고 음험했다. 적막 속에서 서로가 서로의 어둠을 응시했다. 이윽고 사내가 입을 열었다.

"모정, 나를 알아보겠소?"

쇳소리 긴 걸걸한 음성이었다. 모정(慕亭)은 배대유의 호였다. 그이 눈이 키졌다. 쇳가루를 한 주먹이나 삼킨 것 같은 음성을 모를 리 없었다.

"무명!"

배대유는 식솔들이 깨지 않게 소리를 낮춰 외쳤다. 반가움과 두려움이 동시에 깃든 외침이었다. 무명은 배대유를 두 번 살려주었다. 한 번은 전란중 화왕산성으로 가는 길목에서 만난 왜군 낙오병들로부터였고, 또 한 번은 정유년 전투에서였다. 그리고 두 번 죽이려 했다. 한 번은 계축년 칠서의 난 직후였고, 다른 한 번은 망우당 곽재우의 졸기를 쓴 직후였다. 그는 반갑기도 하고 두렵기도 한 인물이었다. 살리러 온 것인지, 죽이러 온 것인지 혼란스러웠다. 그러나 대문으로 들어오지 않고 담을 넘은 것을 보면 그리 달가운 일로 찾아온 것은 아닐 듯했다. 무명이 성큼 방안으로 들어섰다. 그의 거구가 한결 크게 느껴졌다. 배대유는 자신도 모르게 숨을 삼켰다.

"청이 있어 찾아왔소."

무명은 배대유를 향해 보퉁이를 던지며 방바닥에 주저앉았다. 소스라치며 받아든 배대유는 그제야 무명의 허리춤에 찬 칼은 보면서 손에 든 보퉁이는 보지 못했다는 사실을 깨달았다. 조심스럽게 더듬자 손끝에 이목구비가 느껴졌다. 사람의 잘린 목이었다. 공포와 분노로 몸이 떨려왔지만 아무 말도 할 수가 없었다. 이 작자가 도대체 무슨 수작인지 가늠할 수가 없었다.

"졸기를 하나 써주시오."

졸기는 망자에 대한 마지막 평가를 담은 간략한 전기였다. 느닷없기는 하였지만, 무명의 의중을 안 것만으로도 몸에 돋은 소름이 가라앉았다. 문필로 이름깨나 날린 그였다. 쓰자면 못 쓸 일도 아니었지만, 다짜고짜 사람의 목을 던지며 졸기를 써달라는 무명의 심사를 알 도리가 없었다. 게다가 생면부지인 사람의 졸기를 쓸 수는 없는 노릇이었다.

"이자가 누군 줄 알고……"

"모정도 아는 이오."

얼핏 짚이는 사람이 있었지만 애써 부정했다. 그러나 마땅한 이유가 떠오르지 않았다. 오히려 그 반대였다. 마땅히 죽었으리라는 심증이 굳어질 뿐이었다. 배대유는 더디게 보퉁이를 풀다 말고 다리에 힘을 줘 일어났다. 노구가 힘겹게 어둠을 딛고 섰다. 부엌에서 불을 가져와 초를 켤 생각이었다. 배대유가 묻자 무명이 고개만 끄덕여 동의했다. 문을 나서려넌 배대유가 방안을 돌아봤다.

"내가 노복을 시켜 관아에 은밀히 발고라도 하면 어쩌려고 그리 무심하시오?"

"내가 이 집안의 가솔을 모두 죽이는 데 얼마나 걸릴 것 같소?"

무명이 돌아보지도 않은 채 비릿하게 웃었다. 배대유가 말없이 부엌으로 향했다. 초봄의 밤공기가 제법 차가웠다.

경첩이 녹슬었는지 부엌문이 소리를 냈지만 잠을 깬 이는 없었다. 부뚜막 위에 화로는 두 개였다. 하나는 불씨를 보관하는 용도여서 벌겋게 타는 숯들로 온기가 돌았지만, 다른 하나는 불기 없는 새 숯들이 차 있었다. 잠자리에 들 무렵 노비 막쇠가 방안에 화로를 들이겠다는 것을, 심란하여 그만두라 했는데 이리 갖다놓은 모양이었다. 무쇠 종지에 작은 불씨 하나를 담아 나올 때 우물 곁에 놓인 소반이 눈에 들어왔다. 막사발에 담긴 정화수가 올라 있었다. 수면에 비친 둥근 달이 또렷했다. 새벽녘 맑은 물을 받아 비는 것이 상례지만 밤새 달빛을 담아 정성을 들이려 한 모양이었다. 유가의 법도를 섬기는 사대부가에서 알지 못할 귀신을 향해 비는 일이 용납되지 않아 여러 차례 나무랐는데도 아내는 말을 듣지 않았다. 늙은 서방의 생사가 어찌 갈릴지 몰라 애타는 마음을 모르는 바가 아니지만 그래도 유자의 체면이란 게 있으니 날이 밝으면 한번 더 타일러야겠다 마음먹으며 지나쳤다.

초에 불을 옮기자 방안이 금세 밝아졌다. 늙은 검객의 주름진 얼굴이 드러났다. 초췌했고, 고단해 보였다. 넘치던 장년의 기백과 꺾이지 않을 것만 같던 중년의 강건함을 찾아볼 수 없었다. 여전히 몸이 단단하고 칼이 날랠지는 몰라도 예전 같은 위용은 없었다. 그는 마치 더이상 원병을 기다리지 않는 고립된 장수 같았다. 단지 세월 때문만이 아니었으리라. 반가의 서얼로 태어나 왜왕에게 전우를 잃고 늙은 왕에게 스승과 친우를 잃었으며, 젊은 왕에게 동지를 잃었다. 그리고 짐작이 맞는다면 이제는 새로운 왕에게 아들과 같은 아이를 잃었다. 무명이 겪은 모진 풍파가 전해지는 듯해 배대유는 가슴이 저릿했다.

무명이 턱짓해 보였다. 어서 보퉁이를 확인해보라는 의미인 듯했다. 배대유는 보따리를 풀기 시작했다. 어찌나 단단히 동여맸는지 갈피를 삽지 못해 여러 차례 헛손질했지만, 용케 끄트머리를 찾아 풀자 언제 그랬

나는 듯 알아서 풀렸다. 스르르 보자기가 내려앉으며 얼굴이 드러났다. 표정은 고요했다. 창백한 얼굴이 피딱지로 얼룩져 보기 흉했다. 배대유는 아찔한 기분에 눈을 감았다. 이리 죽으려고 그리 용을 쓰며 살았더냐. 젊음이 원통하고 재주가 한스러웠다. 예상한 일인데도 쉽게 감당이 되지 않았다. 겸사복 시방. 성(姓)은 없다. 노비 출신으로 속량되어 겸사복이 되었다. 겸사복이라는 직책이 본래 왕을 시위하는 무사에게 주어지는 것이니 왕을 지키다 죽은 게 이상할 것 없지만, 사상자가 거의 없는 모반이었다. 허술한 계책에 비해 너무도 어이없이 성공했기에 딱히 막는 이도, 막을 일도 없었다. 천운이었다. 다만 하늘이 광해를 버리고 능양(훗날의 인조)을 선택했을 뿐.

"효수된 것을 훔쳐왔소."

무명이 말했다. 훔쳤다고는 하나 군졸들도 청맹과니가 아닌 다음에야 그리 간단하지는 않았을 것이다. 어쩌면 모반으로 상한 이보다 무명의 칼에 상한 이가 더 많을지 몰랐다. 얼빠진 사람처럼 허공을 응시하던 배대유가 무명을 향해 고개를 돌렸다. 그의 머릿속에 오래전 기억 한 조각이 떠올랐다. 무명이나 배대유나 모두 호기로운 삼십대 장년들이었다. 임진년에 왜군의 침공으로 시작된 전쟁이 명의 개입으로 한풀 수그러드는가 싶더니 강화협상이 결렬되면서 재침의 기운이 감돌던 정유년이었다. 그해 배대유는 경상좌도 방어사 곽재우를 도와 화왕산성의 축조와 수비에 힘쓰라는 왕명을 받고 창녕으로 내려갔다.

행선지가 비슷한 사람들과 합류하여 산길을 지날 때 왜병들이 그들을 에워쌌다. 본진과 합류하지 못하고 낙오한 무리였다. 말이 병사지 꼴이 말이 아니었다. 칼을 찬 것 말고는 걸뱅이나 다름없었다. 그래도 눈빛은 형형하게 살아 있었다. 허기와 갈증으로 번들거리는 눈이 짐승 같았다. 전란 중에 왜병이 칼을 쓰는 모양을 본 적이 있었다. 원숭이처럼 날랜 게 신기와 같아 범부가 당해낼 성질이 아니었다. 왜병들은 애초부터 일행을 살려둘 생각이 없었는지 곧바로 칼을 빼 들었다. 모두가 두려움에 떨며 죽음을 기다리는데 한 사내가 앞을 가로막았다. 패랭이에 괴나리를 메고 대나무 지팡이를 든 거구였다. 지팡이를 열자 검신이 드러났다. 창포검이었다.

순식간에 왜병 두엇이 쓰러졌다. 나머지 왜병들이

한꺼번에 달려들었다. 그에게서는 살기가 보이지 않았다. 칼이 왜병을 향하는 것이 아니라 칼이 가는 길에 단지 그들이 있을 뿐이라는 듯, 그의 살수는 무심하면서도 어떤 광기에 휩싸여 있었다. 마치 널뛰는 무당 같았다. 졸병들이 다 죽자 그나마 갑옷을 걸친 자가 나섰다. 장수인 듯했다. 체구가 작은 왜인 특유의 검법으로 그에게 달려들었다. 왜장의 긴 왜도와 사내의 짧은 창포검이 부딪쳤다. 쇠가 쇠를 두드리고 칼날이 칼날을 핥았다. 창포검이 가는 길을 왜도가 막아서고 왜도가 향하는 방향을 창포검이 틀었다. 짐승과 광인, 원숭이와 무당의 싸움이었다. 마침내 왜장이 쓰러지자 그가 무심히 칼에 묻은 피를 털고는 아무 일 없었다는 듯이 괴나리를 챙겨들었다. 그 역시 화왕산성으로 가는 길이었다. 동행하며 이름을 묻자 무명이라 했다. 음성이 쇳가루를 먹은 듯 걸걸했다. 이름이 없다는 뜻인지 무명이 이름인지 몰라 다시 물었으나 답하지 않았다. 훗날 그가 홍주에서 온 것을 알고 병신년 이몽학의 동갑회에 가담한 인물이라 짐작했고, 더 훗날 정여립의 대동계에 속했던 것을 막연히 알았다. 이몽학의 난은 두 달 만에 토벌됐고, 정여립은 미처 봉기하지 못하고 죽었다.

"칼 솜씨는 여전한가보오."

"칼이라면야 내가 조선 제일검이지."

무명이 웃음기 없이 농을 했다. 배대유는 젊은 시절의 그는 분명 그랬으리라 생각했다. 마음이 애처로웠다.

"그래, 저녁은 자신 게요?"

"밥 한 끼 굶은들 대수겠소."

"한 끼가 아닌 것 같아 하는 말이오!"

배대유가 짐짓 화를 내며 일어섰다. 다시 부엌으로 가니 이번에는 막쇠네가 문소리를 듣고 나왔다. 바쁘게 저고리를 여미며 나오는 모양이 뒤늦게라도 자식 하나 보려 애를 쓴 듯했다. 나이 마흔줄 가깝도록 자식이 없는 게 딱하면서도, 또 그 자식이 종이 될 걸 생각하면 먹먹해졌다. 속량을 해줘야 하나 싶었지만, 그렇다 해도 나을 것 없는 팔자였다. 게다가 당장은 자신의 생사가 어찌 될지 모르는 형국이라 마음만 산란했다. 손님에게 줄 밥과 술을 부탁하자 막쇠네가 잠시 놀라는 표정을 지었지만 이내 묵묵히 상을 차렸다. 정화수를 치우란 말을 남기고 부엌을 나왔다.

방에 돌아왔을 때 무명은 벽에 기대 눈을 감고 있었

다. 배대유가 앉으려 하자 길게 발을 뻗어 책상을 그의 앞으로 밀었다. 어서 졸기를 쓰라는 의미였다. 배대유가 잠시 멈칫했다가는 한숨을 쉬며 책상 앞에 앉았다.

"글이라면 그대도 쓸 줄 알지 않소?"

"나야 칼이나 쓸 줄 알지. 글에서 피냄새가 나서야 쓰겠소."

"시방에 대해서라면 그대가 더 잘 알 터인데……"

"이 녀석 몸이라면 내가 잘 알지."

무명이 비실비실 웃었다.

"팔다리가 길고 근골이 남달라서 칼을 쓰기 좋은 몸이었소. 덩치는 큰 놈이 유연하고 날쌔기까지 해 몸에 무재를 타고난 아이였지. 게다가 영리해 병법까지 두루 익혔으니 노비 출신만 아니었으면 검사복이 뭐요, 장수가 됐을 아이요."

배대유도 모르지 않았다. 허공에 꽂힌 무명의 시선이 공허했다. 나머지 시신도 찾으려 했으나 찾을 수 없었다 했다. 군졸 하나를 잡아 족쳐 물으니 몸이랄 것이 남아 있지 않다고 답했다. 오장육부와 사지를 각각 따로 주워담아야 할 만큼 형편없이 망가졌다고 답했다. 혼자서 수십 명을 상대했으니 이상할 것이 없다고 했

다. 왕이 소리쳤지만 아무도 듣지 않았다. 시방도, 역
도들도 왕의 외침을 듣지 않았다. 각자 자신의 소리만
들을 뿐이었다.

"농사나 짓게 해야 했는데…… 죽지 말라고 가르친
칼이 이 애를 죽였지 뭐요."

회한에 젖어 가만히 눈을 감는가 싶더니 무명이 돌
연 배대유를 쏘아보았다.

"그대도 공범 아니요? 이 애를 죽을 자리로 보낸 게
모정 그대 아니냔 말이오! 죽으라고 보낸 자리에서 죽
었으니 책임이 없다 하지는 못할게요."

그러니 핑계 댈 생각 말라는 경고였다. 변명의 여지
가 없었다. 틀린 말이 아니었다. 훈련도감에 있던 시방
을 겸사복으로 천거한 사람이 바로 배대유 자신이었
다. 사헌부 장령과 보령을 거쳐 이태 전 동부승지에서
병조참의로 승전하자 시방이 인사를 왔다. 어린애 티
가 지워지고 장부다웠다. 어느새 스물셋이었다. 사내
로 한 사람 몫을 다하고 있으니 혼인해도 좋을 나이였
다. 마음을 둔 이가 있는지 물으니 주저하다가는 엉뚱
히기도 겸사복으로 천거해달라 청탁했다.

"겸사복은 무재를 제일로 여기는 까닭에 신분의 고

하와 귀천을 가리지 않는다고 들었습니다. 시험은 자신 있으니 기회만 얻게 해주십시오."

훈련대장 이홍립에게 들은 바가 있어 마음이 어두웠다. 그때만 해도 세자빈의 조부 박승종과 사돈인 이홍립이 감히 능양군과 한통속이 될 줄은 상상도 못 했기에 간혹 겸상해 술을 마시곤 했다. 시방은 문무 어느 쪽도 모자람이 없어 실력으로 따를 자가 없다는 말에 흥이 나 이홍립에게 술을 따라주었다. 칼은 왜란을 겪으며 실전 검법에 통달한 무명을 스승으로 두고, 글은 남명 조식의 조카사위인 망우당을 스승으로 둔데다가 영특하기까지 하니 당연한 일이었다. 그러나 양인이라 해도 노비에서 속량되었다는 출신이 그의 발목을 잡아 동료들과의 관계는 물론이고 무인으로서의 전망도 어두운 듯했다.

"내가 후견인이라 해도 말이오!"

홧김에 이홍립에게 호통을 쳤지만 그게 조선의 법도요 민심이라는 사실을 부인할 수가 없었다. 시방에게 차마 그 말은 하지 못했다. 다만 그 자리에서 추천서를 써 겸사복장에게 보냈다. 얼마 후 시방은 겸사복이 되었다. 소문에는 왕이 이 애의 영민함을 기특히 여겨 말

상대로 두기를 좋아하고 심지어 정사를 논한다고 했다. 다음번 보았을 때 시방은 한결 늠름하고 당당했다. 풍문이 사실인지 묻자 표정 없이 말했다.

"모두가 멀리하는 천출이 누구보다 왕에게 가까이 갈 것입니다."

배대유는 웃음기 없는 시방의 머리를 바라봤다. 오래지 않아 살이 무르고 썩어 벌레가 드나들 것이다. 바람과 세월이 살을 지우고 흰 두개골만 남길 것이다. 표정 없이 무심한 두 구멍으로 영원히 어둠을 응시할 것이다.

"이 애의 어미는 알고 있소?"

묻는데 밖에서 막쇠네가 부르는 소리가 들렸다. 시방의 머리를 보이지 않게 이불 속에 감춘 뒤 문을 열었다. 제대로 차린 상이 들어왔다. 배대유가 재빨리 받아들자 막쇠네가 송구한 표정으로 상을 넘기고는 곧장 나갔다. 그가 밥공기를 열어 무명에게 권하였다. 모락모락 김이 나고 고슬고슬한 밥알에서 윤기가 흘렀다. 무명이 망설이는가 싶더니 마구잡이로 입안에 음식을 밀어넣었다. 밥과 김치를, 전과 생선을, 나물과 장아찌를 집어넣다가 문득 눈시울이 붉어졌다. 배대유의 눈시울도 붉어졌다.

"천천히 드시오."

배대유가 술을 따랐다. 무명이 단숨에 들이켜는 것을 보며 그도 마셨다. 술냄새가 향기로웠다. 한때는 이처럼 살가운 사이였다. 반가움만 들 뿐 두려움은 없었다. 오히려 반대였다. 무명과 함께라면 두려울 게 없었다. 그 만용 때문에 죽을 뻔하기도 했다. 정유년 가등청정이 화왕산성을 공격해왔을 때 배대유는 굳이 병장기를 들고 나가 싸우겠노라 고집을 부렸다. 무명에게 검술을 조금 배웠다고는 해도 그는 백면서생에 불과했다. 주변에서 만류했지만, 끝내 우겼다. 무명 옆에 있으면 안전하리라는 믿음이 있었다. 결과적으로는 그의 믿음이 옳았다. 어쨌든 살아남았으니까.

전란중에 끔찍한 경험을 했다 해도 보는 것과 싸우는 것은 달랐다. 바로 옆에서 사지가 잘리고 목이 떨어졌다. 피냄새가 역하고 허공을 찢는 듯한 칼과 창의 움직임이 두려웠다. 정신이 혼미해져 그나마 익힌 검술도 제대로 쓸 수 없었다. 전장 한복판에서 칼을 든 채우두커니 서 있을 뿐이었다. 그때 왜병 하나가 창을 찔러왔다. 보면서도 대처할 수가 없었다. 적의 공격을 피하고 막고 찌르는 보법과 운검법이 머릿속에 떠돌 뿐 움직일 수 없었다. 배대유의 위험을 알아챈 무명이 달려와 그를 안고 굴렀다. 배대유는 무사했지만, 무명은 어깨에 창상을 입었다.

"어깨는 좀 어떻소?"

"괜찮으니 이리 다니지 않겠소?"

무슨 뜻인지 알면서도 무명은 짐짓 퉁명스럽게 답했다. 배대유는 그의 얼굴에서 시선을 거두지 않았다. 무명의 퉁명스러움이 좋았고, 퉁명스러운 말 뒤에 장난스럽게 입꼬리를 올리는 미소가 좋았다. 그의 진심은 말투가 아니라 언제나 말끝에 담겨 있었기에 시선을 놓지 않고 기다리는 버릇이 생겼다. 서른 해 가까이 지났는데도 몸에 밴 습관이 완전히 지워지지 않고 남아 있는 게 신기했다. 무명은 웃지 않았다. 나물을 한 젓가락 크게 집어 입에 넣고 씹는 턱근육이 단단해 보였다. 언제부터였을까? 언제부터 그에게 두려움을 느끼기 시작했던 것일까……

무명은 배대유를 두 번 죽이려 했다. 진심이었는지 시늉만 한 것인지 알 수 없다. 다만 거구에 검술의 달인인 그가 칼을 빼든 것만으로도 충분히 경계할 만했다.

애초부터 배대유를 죽이러 온 것은 아니었다. 계축년이었다. 숱한 피가 흐르고 켜켜이 원한이 쌓인 해였다. 그는 교산 허균을 죽이러 왔다.

적서를 차별하는 서얼금고법 철폐 연명 상소가 거부당하자 불만을 품은 고관의 일곱 서자가 자신들을 강변칠우라 일컬으며 거사를 도모했다. 자금을 마련하기 위해 도적질을 하다가 문경에서 상인을 죽인 후 은자 칠백 냥을 강탈했고 포도청에 추포됐다. 심문하던 대북파 관료 이이첨이 정적을 제거하기 위해 역모로 둔갑시켰다. 수괴로 지목된 김제남이 사사됐고 그의 딸 인목대비는 유폐되었으며, 외손자 영창대군도 강화도 유배중 죽었다. 적서차별에 반대한 허균은 강변칠우와 깊이 교분을 나누었다. 강변칠우가 죽고 그들의 가문이 멸문되었어도 허균은 살아남았다. 이이첨에게 의탁해 목숨을 부지했다.

부서지라고 방문을 열었다. 거구의 사내가 거칠게 숨을 몰아쉬며 안을 노려봤다. 손에 든 칼은 뽑지도 않았는데 이미 기방 머슴 몇이 뒤에 엎어져 있었다. 술을 마시던 일행이 두려워 몸을 사렸다.

"허균! 너를 죽여 맹세를 지키고 의리를 다하겠다."

배대유가 무명을 알아보고 막아섰다. 영문은 몰라도 사람이 죽는 꼴을 두고 볼 수만은 없었다. 무명도 배대유를 알아본 듯했지만 아랑곳하지 않았다. 도리어 결심을 다지는 듯 힘주어 칼을 빼 들었다.

"방해하면 모정 그대라 해도 가만두지 않겠소! 내 저놈을 베고 광해를 죽이러 갈 것이오!"

배대유는 무명의 눈에서 독한 살기를 읽었다. 본 적 없는 눈빛이었다. 전투중에도 풀을 뽑는 농부처럼 무심히 왜병을 베어나가던 눈이었다. 정말로 죽일 작정인 듯했다. 그 순간 배대유는 전율처럼 온몸을 타고 흐르는 두려움을 느꼈다. 등골이 서늘했다. 간신히 정신을 가다듬으며 살길을 찾았다.

"망우당을 죽일 참이요?"

망우당이라는 말에 무명의 미간이 좁아졌다. 말뜻을 재는 듯했다. 그는 망우당 곽재우가 왕을 비난하는 상소를 올렸다는 사실을 모르는 듯했다. 살벌한 시절이었다. 평소 같으면 눈살만 찌푸렸을 흠이 생사를 가르고 멸문의 화를 불렀다.

"교산과 내가 도울 수 있소. 그렇지 않소?"

허균은 위협 앞에서도 태연하게 그저 술만 마셨다.

무명의 눈빛이 흔들렸다. 생각할 틈을 주지 않고 배대유가 몰아쳤다.

"교산을 죽이고 망우당도 죽이겠소, 아니면 교산을 살리고 망우당도 살리겠소?"

무명이 분을 삭이며 칼을 집어넣었다.

"공의 생사가 그대들의 생사가 될 것이오!"

그는 경고하고 떠났다. 담을 넘는 무명의 뒷모습을 보며 배대유는 맥없이 주저앉았다. 어쩌다 주전자가 깨졌는지 바닥에 술이 흥건했다. 바닥을 적신 게 술이 아니라 피가 될 수도 있었다는 사실에 다시 한번 등골이 오싹했다. 허균에게 강변칠우와 무슨 사이이고 무명과는 또 어떤 악연이 있는지, 도대체 무엇을 도모하려 한 것인지 묻지 않았다. 강변칠우가 역모까지는 아니어도 조정을 장악할 계획을 세우고 있었다는 정도는 알려진 사실이었다. 망우당은 다섯 해 뒤에 죽었다. 다음해 허균이 역모죄로 몰려 고초를 겪다가 죽었다. 다시 다섯 해 뒤 능양군이 이귀와 김유, 이서 등 서인을 이끌고 이이첨과 이흥립을 회유해 모반을 일으켰다. 모반은 성공해 반정이 되었고 왕이 쫓겨났다. 내시에게 업혀 도망가는 왕을 지키려던 겸사복 시방도 죽었다. 승자는 이이첨뿐인 듯했다.

"왜 그리 사람 얼굴을 빤히 들여다보시오?"

무명이 무안한지 헛기침을 하며 술을 마셨다.

"허균은 죽고 광해는 폐위됐소. 이제 원한이 좀 풀리시오?"

술을 넘기며 쿨렁거리던 울대가 잠시 멈췄다. 이내 술잔을 마저 비운 무명이 손으로 턱을 쓸어 수염에 묻은 술을 닦아냈다.

"원한이랄 게 뭐 있겠소? 쓸데없이 기대가 컸던 거지. 계축년에 죽지 않은 이가 허균뿐이겠소? 조선의 왕이 광해뿐이겠소? 이름난 양반이 관심을 보이니 뜻도 같으리라 기대했던 게고, 왕도 서자이니 우리를 알아주리라 기대했던 게지. 기대가 크니 실망도 크지 않았겠소."

무명이 길게 숨을 내쉬었다.

"정여립도, 풍신수길도, 이몽학도, 강변칠우도 실패했는데 능양이 성공했소. 고작 천여 명으로 말이오. 우습지 않소?"

무명이 짧게 헛웃음을 웃었다. 한평생 전란과 민란을 오가며 살아온 노 검객의 얼굴에 피로감이 한층 짙

게 드리웠다. 다시 적막해진 방안에 술 따르는 소리가
처량했다.

술잔이 몇 순배 더 돌았다. 배가 차고 술기운이 오르
자 무명도 날카로웠던 감정의 끈이 조금은 풀어진 듯
했다. 그가 느슨한 표정으로 엉덩이를 밀어 벽에 기댔
다. 배대유는 술기운이 더 오르기 전에 써야겠다는 심
정으로 책상을 끌어당겨 빈 종이를 펼쳤다.

"이 애의 노모는 알고 있소?"

"알 리가 있소? 졸기를 받아 그네에게 갈 생각이오."

배대유가 화들짝 놀라며 소리를 낮춰 호통했다.

"지금 나보고 어미에게 보일 졸기를 쓰란 말이오?
어찌 늙은 어미에게 아들의 죽음을 전하겠다는 게요?"

무명이 불콰해진 얼굴로 눈만 껌벅이며 배대유를 쳐
다봤다. 무슨 영문인지 모르는 눈치였다. 잠시 궁리하
던 배대유가 다시 입을 열었다.

"이렇게 하면 어떻겠소? 내가 어미에게 재물을 얼
마간 보내 호구할 방도를 마련하겠으니 시방의 죽음은
알리지 맙시다."

"이 애 어미를 속이자는 게요?"

"속이는 게 아니라 살아갈 힘을 뺏지는 말자는 얘기

요. 그네가 살면 얼마나 살겠소? 전란중에 서방 잃고 이제 장성한 아들까지 죽은 것을 알면 그네가 어찌 살아가겠소?"

그럴듯했는지 무명이 천천히 주억거리다가는 아니꼬운 듯 입술을 비죽댔다.

"그리 인정을 아는 자가 공의 졸기는 어찌 그리 매정하게 쓰셨소?"

망우당의 졸기를 두고 한 말이었다. 무명의 핀잔에 배대유가 짐짓 그를 외면하며 먹통을 열었다.

"그에게는 노모가 없지 않았소?"

"백성들이 다 그의 노모요, 어린 자식들이었소."

망우당의 졸기가 적힌 종이를 한 손에 구겨 들고 배대유를 죽이겠노라 찾아왔을 때도 이리 말하며 호통을 쳤더랬다. 칼을 뽑아드는 통에 배대유는 계축년의 일이 떠올라 혼비백산했다. 그러나 진심은 아닌 듯 말릴 아이 하나를 달고 왔다. 갓 스물이나 될까 싶었는데 영민하고 당돌했다. 배대유가 어쩔 줄 몰라 허둥대는 동안 그 아이가 무명을 어르고 달랬다. 그가 한참 더 댓거리를 한 뒤에 못 이기는 척 칼을 섶었다. 그러곤 알아듣기 힘든 비난과 저주를 남기고 돌아갔다. 다음날 그 아이가 찾아와 무명의 무례를 대신 사과했다. 그의 제자이자 양아들로, 이름이 시방이라 했다.

"바로 이때라는 뜻입니다. 지금을 소중히 살라고 망우당 어른께서 지어주셨습니다."

나이가 열아홉이었다. 이른 나이에 훈련도감에 들어간 것을 보면 무예 실력이 출중한 듯했다. 하기야 무명의 제자라면 두말할 나위 없었다.

"문장에 인정이 없는 것을 보고 스승께서 공연히 심통을 부린 것이니 개의치 마십시오."

말이 차분하고 단정했다. 배대유는 이해하기 어려웠다. 그는 보고 들은 사실대로 적은 것뿐이었다. 왕명을 받아 쓰는 줄기에 인정을 두고 사감을 섞는 것이 온당치 않아 보였다. 배대유는 시방에게 간간이 놀러 오라 말하고 돌려보냈다. 무명과 마지막으로 본 것이 그때였다. 여섯 해 전이었다.

배대유가 억울한 심정에 막 항변하려는데 부드럽게 미끄러지는 소리가 났다. 돌아보니 무명의 몸이 벽을 타고 옆으로 기울어졌다. 잠든 듯했다. 겨울만큼은 아니라 해도 바닥은 냉골이었다. 아랫목으로 자리를 옮겨 담요를 깔고 자라 권했지만 못 듣는 건지 안 듣는 건지 무명은 반응이 없었다. 하는 수 없이 덮을 것이라도 챙겨주려 이불을 걷는데 무언가 또르르 굴러 나와 책상다리에 부딪혀 멈췄다. 시방의 머리였다.

"이불은 됐소. 그 아이나 덮어주시오. 다 쓰거든 깨워주기나 하시오."

무명은 금세 코를 골기 시작했다. 배대유는 시방의 머리를 도로 이불 안에 넣고 책상머리에 앉았다. 먹통에 넣어 적신 붓을 잘 다듬어 글자들을 적어나갔다. 흰 종이가 빠르게 먹물을 빨아들였다. 온 방안에 검은빛이 번질 것 같았다.

'시방이 졸하였다. 그는 무술년에 태어나 계해년 죽었다. 본래 망우당 곽재우의 노복이었던 까닭에 성은 없다. 아비의 이름은 돌참이며 어미의 이름은 개시이다. 일찍부터 영민함이 남다르고 용력이 범상치 않았다. 곽재우가 시방의 재능을 안타깝게 여겨 속량하였으나 떠나기를 거부하고 그를 섬겼다. 그가 죽은 후 훈련도감에 들어가 살수병으로 근속하였다. 양인이 되었음에도 천민 출신이라는 이유로 불화가 잦고 어려움이 많았다. 이후 겸사복으로 자리를 옮겨 왕을 시위했다. 계해년 능양과 이자겸, 이귀 일당이……'

배대유는 붓을 든 채 망설였다. 역모라 해야 할지, 반정이라 해야 할지 마음이 서지 않았다. 역모라 하면 반역을 꾀한다는 것인데 이미 성공했으니 과거의 일이 되어버렸고, 반정이라 하면 그릇된 것을 바로잡는다는 것이니 광해와 자신들 당파의 모든 것이 부정되었다. 어느 것을 쓰기에도 적당치 않았지만, 역모든 반정이든 시방이 죽은 사실에는 변함이 없었다. 문득 무명의 코골이가 멈췄다. 배대유는 그를 돌아봤다. 잔뜩 웅크린 몸이 한없이 작아 보였다. 적당히 말을 정하고 붓끝을 먹물에 적셔 글을 맺었다.

'……모반을 일으키자 왕을 지키다 죽었다.'

무명은 이 졸기를 보고 또 인정 없다 호통을 칠 것인가…… 배대유는 자문하며 졸기를 되짚어보았다. 그러나 어디에 인정을 두고 어디에 호의를 보이라는 말인지 여전히 알 수 없었다. 무명도 더 기대하지는 않았을 것이다. 배대유는 붓을 정리하고 먹통을 닫았다. 마음이 한결 후련했으나 한편으로는 난처했다. 아랫목은 시방의 머리가 차지하고, 윗목은 무명이 차지하고 있으니 그가 누울 자리가 마땅치 않았다. 게다가 새벽 한기에 몸이 오슬오슬 떨렸다. 배대유는 참지 못하고 일어나 부엌으로 갔다. 그곳에 화로가 있었다.

주살나게 부엌을 드나드는 모양이 방정맞고 양반 체면이 말이 아니었다. 불씨를 심어 새 화로를 들고나오는데 막사발에 담긴 정화수가 그대로였다. 막쇠건 막쇠네건 평생 자신의 말을 어긴 일이 없었다. 정화수를 치우라 했는데도 여봐란듯 내버려둔 꼴이 괘씸하기보다는 의아했다. 정화수에 비친 달을 보자니 마음이 애잔했다. 이유야 뭐가 됐건 그저 주인과 서방이 죽지 않기를 바라는 간절하고 절박한 마음이 물빛에 어리는 듯했다. 공자니 주자니 하는 알지 못하는 이름들을 들먹이며 아내와 막쇠네의 인정을 나무랄 수는 없는 노릇이었다. 방으로 향하려던 배대유의 머릿속이 문득 오래전 기억 하나가 떠올랐다.

정사년 망우당이 죽자 왕이 배대유에게 졸기를 쓰라 명했다. 그러잖아도 마지막 가는 길 인사라도 올리기 위해 문상을 하러 가려던 참이었다. 도착했을 때는 이미 장례가 끝난 뒤였다. 없는 살림에 상을 치르느라 사위와 자식들이 애를 쓴 모양이었다. 부조 삼아 들고 간 비단 몇 필과 쌀을 내놓있다. 소분을 마치고 무명의 인도를 따라 단둘이 망우당의 묘로 갔다. 계축년 허균의 일로 서로가 어색했다.

"그대가 망우당의 졸기를 쓴다던데 그게 사실이오?"

배대유가 망우당의 묘에 절을 하고 일어서는데 무명이 물었다. 그렇다고 하자 잠시 뜸을 들이더니 비밀스럽게 말했다.

"그거 아시오? 여기에는 망우당의 시신이 없소. 가묘를 쓴 것이오."

"어찌 그리 참람한 말을 하는 게요!"

배대유가 짐짓 엄한 표정으로 주의시켰다.

"죽은 이는 돌아올 수가 없지 않겠소. 망우당은 다시 돌아올 거요."

괴상한 소문이 한양에까지 돌기는 했었다. 망우당이 말년에 곡기를 끊고 솔잎과 이슬을 먹으며 신선이 되려 한다 했다. 배대유는 망우당의 죽음이 애석한 나머지 무명이 농을 하는가 싶어 상대해주었다.

"망우당이 정말 신선이 되었나보오. 그래, 망우당이 돌아와서 무엇을 하겠소?"

"망우당은 아무것도 하지 않아도 상관없소. 그저 붉은 옷을 입고 말에 올라 있기만 하면 될 것이오. 그러면 백성이 움직일 것이오."

"백성이 움직여 무얼 하려는 게요?"

"대동 세상을 만들 거요."

대동은 『예기』 예운편에 나오는 말로 순박하고 원초적인 이상사회를 뜻하는 것이었다. 동시에 정여립의 대동계를 떠올리게 하는 말이기도 했다. 정여립의 난에 연루돼 역모죄로 주살된 이가 천 명에 달했다. 배대유는 간담이 서늘해져 그길로 귀경했다.

화로를 내려놓고 방문을 닫는데 무명이 꿈을 꾸는지, 앓는 소리를 내며 얼굴을 잔뜩 찌푸렸다. 그대는 꿈속에서도 싸우는 것이오? 정여립의 제자이면서 이몽학의 친구였던 사람, 강변칠우와 교류하며 허균과 광해를 죽이려 했던 사람, 누구보다 앞장서 왜군과 싸웠던 사람. 그렇게 전란과 민란을 오가며 한 갑자를 살아온 사람. 그의 전쟁은 아직 끝나지 않은 듯했다. 그는 또 무슨 힘으로 남은 생을 살아갈 것인가?

문상을 다녀오고 얼마 뒤 배대유가 쓴 망우당 졸기를 들고 무명이 찾아왔다. 글에 인정이 없다며 행패를 부렸다. 배대유도 지지 않고 호동했다.

"유자의 글에 어찌 인정을 두라는 말이오!"

말리는 시방을 거칠게 뿌리치던 무명이 돌연 멈췄다. 놀란 듯 눈만 껌벅였다.

"칼에도 인정이 있거늘…… 그게 아니면, 도대체 무엇으로 글을 쓸 수 있단 말이요?"

허청거리는 걸음으로 마당을 가로질러 나간 무명은 이후로 그를 찾지 않았다.

이불 한쪽이 불룩했다. 배대유는 이불 속에서 시방의 머리를 찾아 꺼냈다. 그러고는 애초에 무명이 들고 온 보자기로 감싸 묶었다. 무명천을 대충 찢어 만든 것이어서 딱히 보자기라 하기에도 뭣한 것이었다. 시방, 너의 인정은 또 무엇이었더냐…… 배대유는 길게 한숨을 쉬다가 도로 책상을 당겨 앉았다. 혹 벽곡찬송하며 솔잎과 이슬로 연명하던 망우당은 정말 신선이 되려 한 것이 아니었을까? 종이를 반듯하게 펴고 먹통을 열어 붓을 적셨다. 아내와 막쇠네의 인정이, 무명의 인정이, 그리고 배대유 자신의 인정이 붓끝에 스며들었다. 긴 글이 될 듯했다.

'곽재우의 부친이 꿈에 하늘로부터 붉은 비단이 흘러내리는 것을 보고 놀라 잠에서 깼는데 하인이 공의 탄생을 알렸다. 그제야 아이가 신선이 될 선골로 태어

났음을 깨달았으니 도술로써 어지러움을 평정하고 백성을 구할 신선이 이리 탄생하였다.'

배대유는 잠시 숨을 골랐다. 화로를 들인 덕에 간신히 냉기는 가신 듯했다. 무명의 코골이가 다시 들려왔다. 팔짱을 끼고 웅크린 몸이 차츰 느슨해지더니 이내 바로 누웠다. 배대유는 무명의 머리에 비단 베개를 괴어주었다. 그가 깨기 전에 다 쓸 수 있을까? 날이 밝으려면 아직 한참 멀었는데도 마음이 조급했다. 붓을 잡은 손이 빠르게 움직였다. 노 검객의 코골이 소리가 점점 더 높아졌다.

해설

# 삶과 죽음의 경계에서

한영인(문학평론가)

### 1

「전(傳)」은 큰 틀에서 보면 대체역사소설에 속한다. 대체역사소설은 역사적 사건과 인물을 소재로 삼지만 고증된 사실의 줄거리를 그대로 따르기보다 허구적 설정을 첨가함으로써 공인된 역사가 삭제해버린 '가지 않은 길'에 대한 상상력을 자극한다. 이 작품에 등장하는 배대유, 곽재우, 이흥립, 허균 등은 모두 실존인물이며 정유재란, 계축옥사, 인조반정 역시 실제로 일어난 역사적 사건이다. 특히 인조반정은 이 작품의 주요

한 역사적 배경을 이루고 있다. 그렇다고 이 작품을 이해하기 위해 역사 교과서에 나오는 연표에 따라 진행된 여러 사건들의 개요를 다시 학습하는 수고가 반드시 요구되는 것은 아니다. 반정(反正)이라는 정치적 역동이 생과 사를 가늠하는 무수한 우연한 선을 만들어냈으며 그 갈림길 앞에 선 인간들의 존재론적 불안과 욕망을 상상할 수 있다면 그것으로 충분하다.

이 작품은 늦은 밤 심란한 마음에 잠을 이루지 못하는 배대유를 비추며 시작한다. "모반의 시대에 목숨을 부지한" 것을 천운으로 여겨야 하는 시대에 대해 그는 허무하고 어지러운 마음을 숨기지 못한다. "시화가 부질없고 명문이 허황했다." 그런 그의 방으로 한 남자가 침입한다. 그를 아호인 '모정'이라고 부르는 그 사내는 무명이라는 자로 그를 두 번 살리고 두 번 죽이려 했던, 야릇한 생과 사의 갈림길마다 그의 앞에 서 있던 사내였다. 그 사내가 배대유를 찾아온 이유는 졸기(망자에 대한 마지막 평가를 담은 간략한 전기)를 부탁하기 위함이었다. 망자는 겸사복 시방. 겸사복은 "본래 왕을 시위하는 무사에게 주어지는 것"이니 그는 반정 와중에 왕을 지키다 죽음을 맞은 것이다. 무명은 효수된 그의 머리를 몰래 빼내와 배대유 앞에 내려놓는다. 그 모습을 본 배대유는 문득 곽재우를 도와 화왕산성의 축조와 수비에 힘쓰라는 왕명을 받고 창녕으로 내려가던 중 왜군을 만나 죽을 뻔한 위기를 맞았을 때 무명이 갑자기 나타나 자신을 구해준 옛일을 떠올린다. 그것이 무명이 자신의 목숨을 구해준 첫번째 사건이었다면 두번째 사건은 정유재란 때의 일이었다. 무명에게 배운 검술을 믿고 전투에 참여했던 그는 그 전투에서 백면서생의 나약함을 그대로 노출하고 만다. "적의 공격을 피하고 막고 찌르는 보법과 운검법이 머릿속에 맴돌기만 할 뿐 움직일 수 없었다." 그때 배대유를 노린 적이 창을 찔러왔고 무명의 도움으로 그는 가까스로 목숨을 건졌다. 대신 무명은 어깨에 창상을 입고 만다.

다시 현실로 돌아온 배대유는 자신의 졸기를 통해 시방의 죽음을 노모에게 알리는 것을 저어한다. 그러면 시방의 노모를 속이는 일이 되지 않겠느냐는 무명의 퉁명스러운 대꾸에 그는 "속이는 게 아니라 살아갈 힘을 뺏지는 말자는 얘기"라고 응수한다. 사실 배대유는 졸기를 두고 무명과 크게 부딪친 적이 있다. 무명이 따르는 망우당 곽재우의 졸기를 배대유가 몹시 매정하게 썼다는 이유에서였다. 그의 졸기를 읽고 분노한 무명은 "망우당의 졸기가 적힌 종이를 한 손에 구겨들고 배대유를 죽이겠노라 찾아"왔고 시방의 만류로 인해 겨우 사태를 정리하게 된다. 하지만 배대유는 망우당의 졸기에 분노하는 무명의 마음을 이해하지 못한다. "그는 보고 들은 사실대로 적은 것뿐"이며 "왕명을 받아쓰는 졸기에 인정을 두고 사감을 섞는 것이 온당치 않"다고 생각하기 때문이다. 이러한 판단은 시방의 졸기를 쓰는 와중에도 계속된다. "그러나 어디에 인정을 두고 어디 호의를 보이라는 말인지 여전히 알 수 없었다."

어지러운 마음을 달래며 잠자리에 누운 배대유는 차갑게 식은 방을 덥히기 위해 부엌으로 가 불씨를 심은 새 화로를 들고 방으로 들어오려는 순간 오래된 기억 하나를 떠올린다. 곽재우가 죽고 그의 졸기를 쓰기로 한 그가 곽재우의 문상을 갔을 때 무명으로부터 곽재우는 실은 죽지 않았고 이 묘는 가묘이며 그가 다시 살아 돌아올 거란 얘길 들은 일이었다. 무명은 도탄에 빠진 백성들을 움직여 대동세상을 열고 싶은 열망에 가득차 있었던 것이다. 하지만 이 대동세상은 유교에서 말하는 유토피아가 아닌, 실제 현실에서 무수한 사람들의 목숨을 앗아간 혁명의 기획이기도 했다. 화로를 들고 방으로 돌아온 배대유는 원래 쓰려던 글과 다른 글을 써내려가기 시작한다. 그건 곽재우가 신선이 되었다는 내용으로, 유학자의 이치에는 맞지 않는, 그렇지만 "아내와 막쇠네의 인정이, 무명의 인정이, 그리고 배대유 자신의 인정이" 스며든 글로서, 어지러운 현실을 추수하지 않고 새로운 세상을 꿈꾸는 마음에 감응하는 것이었다.

이 작품은 생과 사를 가르는 냉혹한 정치 현실과 전쟁과 부패 등으로 고단한 일상을 견뎌야 했던 백성의 삶에 고뇌하는 한 유학자의 내면을 허구적으로 구성함으로써 '오지 않은 세계'에 대한 희구와 욕망을 그려내고 있다. 무명이라는 인물을 중심으로 한 활극을 서술하는 필치가 날카롭고 그와 배대유의 얽히고설킨 인연을 서늘하게 묘파하는 장면도 인상적이다.

# 2

「부표」역시 삶과 죽음이 한데 얽혀 있다. 먼저 이 작품은 인양선 크레인이 낡은 부표를 끌어올리는 장면에 대한 현장감 넘치는 묘사로부터 시작한다. 인양선 크레인이 끌어올린 낡은 부표는 이제 소용이 다해 새 부표로 교체되어야 한다. 이 장면은 주인공의 직업을 보여주는 데 그 주된 목적이 있지만 이물질이 덕지덕지 붙은 낡은 부표의 빛바랜 모습에서 이 작품을 관통하는 '죽음'이라는 테마를 엿볼 수 있기도 하다. 작품의 주인공은 얼마 전 아버지의 장례를 치렀고 삼우제를 앞두고 있다. 이후 작품은 돌아가신 아버지가 살아온 삶을 조명한다.

그의 아버지는 일확천금을 꿈꾸는 사람이었다. 원양어선을 타기도 하고 화물선을 타기도 했던 그는 "제법 바닷사람 같은 목돈을 가지고" 돌아오곤 했지만 그 돈은 그가 돌봐야 할 가족들을 위해 쓰이지 않았다. 어머니는 아버지가 가져온 돈을 구경할 수 있었을 뿐 만져볼 수는 없었다. '한탕주의'에 빠신 아버지는 그 돈을 밑천 삼아 주식에 투자했다. 하지만 그 일확천금의 꿈은 바다에 떠다니는 포말처럼 금세 터져버리는 것이었다. 주인공은 아버지가 남긴 통장을 보며 '인생역전'을 꿈꾸었던 그의 덧없었던 삶을 씁쓸하게 되돌아본다.

> 바닷물에 잠겨 있던 쇠사슬이 점차 수면 위로 줄줄이 올라왔다. 그 순간 지켜보던 이들의 표정이 어두워졌다. 쇠사슬에 밧줄이며 그물이며 폐어구들이 잔뜩 감겨 있었다. (중략) 쇠사슬 일부분을 잘라 폐어구를 제거하며 작업을 진행해야 했다. 작업 시간이 예정보다 상당히 지연되고 있어 신경이 쓰였지만 어쩔 수 없는 노릇이었다. 다들 분주하게 움직이기 시작했다. 사슬을 잘라 엉킨 어구를 제거한 후 크레인에 갈고리를 걸었다. 문득 막막해졌다. 끊어내지 않고는 엉킨 것을 풀 수 없다고 생각했는데, 끊어내면 되리라 여겼는데, 끊어내도 끊어내도 자꾸 감기는 기분. 큰아버지도 이런 기분이었던 걸까?
>
> _「부표」, 25~27쪽

주인공은 아버지에게 투자금을 빌려주었다가 떼이고 절연한 큰아버지를 떠올리지만 그와 같은 '엉킴'이 비단 큰아버지만의 것은 아닐 것이다. 각종 쓰레기들이 쇠사슬에 엉켜붙듯 아버지에 대한 그의 마음도 산뜻하게 끊어낼 수 없는 여러 복잡한 애증들이 켜켜이 쌓여 있을 것이기 때문이다. 그것은 아버지의 삶에 대한 명료한 이해를 가로막고 아버지의 죽음은 제거할 수 없는 물음을 그의 마음 안에 깊이 새겨놓는다. 그는 이제 그 물음을 홀로 안고 살아야 한다. 그 의문에 대답해줄 아버지가 더는 존재하지 않기 때문이다. 이 점에서 아버지의 죽음은 "세척 후에 수리와 도색을 거쳐 재사용될" 낡은 부표의 죽음과 다르다. 낡은 부표가 거듭 부활하여 재사용될 수 있는 사물이라면 아버지는 그럴 수 없다. 이 막막함은 '재사용'되는 아버지의 '육체'와 비교되면서 더욱 도드라진다. 아버지는 예전에 예비군 훈련에 갔다가 장기기증서약서를 쓴 바 있는데 그 서약에 따라 아버지의 각막은 누군가에게 이식되었다. 낡은 부표처럼 그의 눈도 '재사용'되었지만 그것은 존재의 동일성과 무관한 일일 뿐이다.

이 작품의 매력은 아버지의 죽음이라는 사건을 맞닥뜨린 주인공의 내면을 부표를 교체하는 작업과 교차적으로 서술함으로써 감상성으로부터 거리를 두고 바라볼 수 있게 하는 데 있다. 앞서 말했듯 낡은 부표의 교체 작업과 재사용은 아버지라는 존재의 소멸과 각막의 '재활용'과 연결되며 부표에 달라붙은 홍합은 아버지의 '한탕주의'와 필시 관련이 있을 어린 날의 가난으로 자연스럽게 연결된다. 등부표 교체 작업에 대한 사실적인 묘사 자체가 자아내는 소설적 흥미도 뚜렷하지만, 그 현실적 사건과 아버지의 죽음 사이의 맺어지는 상동성의 측면을 형상화한 점도 작품을 읽는 재미를 한층 북돋는다.


## 3


두 작품은 공통적으로 삶 쪽에서 바라보는 죽음을 향하고 있다. 「전(傳)」에서는 혼란스러운 정국에서 여러 위기를 겪으면서도 끝내 살아남은 배대유가 시방의 죽음과 곽재우의 죽음을 들여다보고, 「부표」에서는 주인공인 아들이 허망한 뺑소니사고 끝에 각막을 기증하고 사망한 아버지의 죽음을 거듭 들여다본다. 하지만 그 죽음은 서사의 종결이 아니라 새로운 이야기의 시작이기도 하다. 곽재우의 죽음은 배대유의 '다시 쓰기'

를 통해 새로운 민중적 꿈으로 부활하고 아버지의 죽음은 주인공으로 하여금 한 남자가 살아왔던, 그 자신으로서는 이해하지 못할 어떤 삶을 숙제처럼 계속 생각하게 만들기 때문이다. 삶과 죽음은 이렇듯 그 자신의 경계에서 새로운 이야기를 탄생시킨다.

아침에 문을 나서는데 날이 제법 추웠다. 가을인가
싶더니 어느새 겨울 초입에 들어선 모양이었다. 비까
지 온 뒤라 물기를 머금은 공기가 맑고 서늘했다. 바닥
에 낙엽이 카펫처럼 쌓였다. 발밑에 닿는 감촉이 탄력
있고 폭신했다. 그러다 문득 걸음을 멈췄다. 낙엽이란
게 나무가 겪는 잠정적 죽음의 흔적 같은 것이니, 말하
자면 무수한 죽음을 딛고 서 있는 셈이었다. 봄부터 가
을까지 계절의 격동을 살아내고 혹은 빗방울에, 혹은
바람에 생의 줄기를 놓쳐버린 이파리들이 어쩐지 서럽
고 애잔했다. 송구한 마음에 두어 걸음 돌아 깨끗한 시

멘트 바닥으로 갈까 하다가 그만두었다. 왜냐하면……
우리의 삶이란 게 죽음을 딛지 않고는 한 발짝도 앞으
로 나아갈 수 없으니까. 그러니 「부표」와 「전(傳)」은 낙
엽에 관한 이야기인지 모르겠다. 동시에 잎이 떨어진
자리에 돋은 새순에 관한 이야기일 수도 있다.

　「부표」는 바다의 신호등인 등부표를 교체하는 작업
을 하는 한 인물의 내면에서 평생 일확천금을 꿈꾸며
떠돌아다니다가 장기기증을 하고 돌아가신 아버지에
대한 기억을 꺼내 보여줌으로써 인간 삶의 빛과 어둠
이 겹치는 모순된 지점 속에서 삶의 가치와 의미를 찾
아보고자 했다. 그리고 「전(傳)」은 곽재우라는 영웅적
인물의 죽음을 둘러싸고 사실적이고 엄정한 진술로서
의 전(傳)과 저자에 떠도는 기담에 가까운 허무맹랑한
전(傳) 사이의 괴리를 통해 정사와 야사, 역사와 개인,
이념과 욕망 사이의 거리에 대해 질문을 던지고자 했
다. 그러나 두 작품 모두 이러한 의도를 얼마나 성실하
게 담아냈는지 자문해보면, 그저 부끄러울 따름이다.

　이 책이 나올 수 있도록 도움을 주신 경기문화재단

과 교유당에 감사드린다.

2022년 11월
이대연

**이대연**

2014년 〈경인일보〉 신춘문예에 단편소설 「검란」이 당선되어 등단했다. 소설집으로
『이상한 나라의 뽀로로』가 있다.

# 부표

초판 1쇄 인쇄  2022년 12월 13일
초판 1쇄 발행  2022년 12월 23일

지은이 이대연

편집 강건모 이희연 정소리 | 디자인 윤종윤 이주영
마케팅 배희주 김선진 | 저작권 박지영 형소진 이영은 김하림
브랜딩 함유지 함근아 김희숙 고보미 박민재 박진희 정승민
제작 강신은 김동욱 임현식 | 제작처 영신사

펴낸곳 (주)교유당 | 펴낸이 신정민
출판등록 2019년 5월 24일 제406-2019-000052호

주소 10881 경기도 파주시 회동길 210
문의전화 031-955-8891(마케팅) 031-955-2692(편집) 031-955-8855(팩스)
전자우편 gyoyudang@munhak.com

인스타그램 @gyoyu_books 트위터 @gyoyu_books 페이스북 @gyoyubooks

ISBN 979-11-92247-69-4 03810

이 책은 경기도, 경기문화재단의 지원을 받아 발간되었습니다.